金寓良言

○逗号 著

孔學堂書局

图书在版编目（CIP）数据

金寓良言 / 逗号著. — 贵阳：孔学堂书局，
2022.7
ISBN 978-7-80770-355-6

Ⅰ. ①金… Ⅱ. ①逗… Ⅲ. ①诗集－中国－当代
Ⅳ. ①I227

中国版本图书馆CIP数据核字(2022)第092184号

金寓良言　逗号　著

JIN YU LIANG YAN

责任编辑　张基强　黄文华
书籍设计　刘思妤
责任印制　张　莹

出　　品　贵州日报当代融媒体集团
出版发行　孔学堂书局
地　　址　贵阳市云岩区宝山北路372号
印　　制　贵阳精彩数字印刷有限公司
开　　本　889mm × 1194mm　1 / 32
字　　数　80 千字
印　　张　6
版　　次　2022年7月第1版
印　　次　2022年7月第1次
书　　号　ISBN 978-7-80770-355-6
定　　价　32.00元

序：在传承中创新

本诗集的作者逗号，是一位长期从事药理学研究的科技工作者，在专业领域多有建树。不少医药工作者都有文艺情结，这的确是一种值得关注的社会、心理现象，逗号即是一个很有典型意义的例子。在孜孜研究、教书育人之余，她还对文学独有一份钟情，广泛涉猎古今中外各种文学作品是她自幼的喜好，尤其是对诗歌“心有戚戚焉”。从爱好到研究，乃至着手创作，逗号多年来苦吟不倦、锲而不舍，先后有《镜滴》《烟花三岳醉如斯》《神的鼓　天的舞》等诗作结集出版。她用诗去描摹人生百态，分享生活中的感悟；用诗去吟诵光阴和四季的流变；用诗去表现我国的神话传说、民间故事。

德国哲学家海德格尔把诗人视为同道，认为诗人的天职是“还乡”，返回与“本源”亲近之处。也就是说诗人在有意无意间能为哲思所充盈，具有在哲学天地无拘无束自由飞翔的天分。逗号的创作发展似也印证了这一点：从感性的生活逐步走向理性的哲思。她的最新作品《金寓良言》就是在哲思方面探索的成果。本书由“寓言篇”和“格言篇”组成，阅后颇多感触，想就寓言和格言谈一点管见。

“道可道，非常道”。人类的语言是彼此间进行沟通和交流的不可或缺的工具，但从严格意义上来讲，它并不精密，人与人之间的交流是基于无数约定俗成和语境的，很多时候

“意会”起了很大的作用。而这给精确地表达哲学观点造成了很大的困难，哲学著作因此充斥着众多术语和定义，使得学科本身变得高深莫测，令人望而生畏、敬而远之。另一方面，人又有许多根深蒂固的观念，一旦力图一本正经地去说服他们、改变他们，往往会引发其本能的警戒和下意识的抵触。

然而古往今来的哲人或是领悟者们并没有放弃阐释哲理、影响人心的努力，而是努力让真理的“道”传播四方。他们用各种通俗易懂的形式和手段普及各自的哲学观念，而寓言和格言在其中独领风骚，对于传道明理起着巨大的作用。

所有的哲理都不是无根之木，也不是从天而降，而是来自生活，来自自我的感受和思考。寓言就是让深奥的、难以言传的哲学思想回归生活，让这只笼中的小鸟返回到绿色树林，使受众感到亲切；但同时在叙述过程中又刻意地去改变这树林的环境，让它变得与人们的日常生活有所差异甚或迥然不同，例如把时间上推到古代、把主人公置换成动植物等，从而规避了受众所熟悉的语境和本能的抗拒，达到放归生活，又能区隔日常的境界。通过把抽象的逻辑思维变成具象的形象思维，使“道”变得“可道”，以寓言的形式使哲学的“道”被意会乃至接受，这也许就是古今哲人时常运用寓言的原因。

我国历代著作中不乏脍炙人口的寓言故事，尤以先秦诸子百家为甚。这些机智而发人深省的作品是中华文化宝库中的璀璨明珠。逗号在承继古人精神遗产的基础上推陈出新，借鉴西方克雷洛夫和拉·封丹的艺术形式，用诗歌的形式对寓言进行再创作，使其故事内容的表达更加新颖。

“三人成虎”是一则大家耳熟能详的先秦寓言，原文出自《战国策》：“庞葱与太子质于邯郸，谓魏王曰：‘今一人言市有虎，王信之乎？’王曰：‘否。’‘二人言市有虎，王信之乎？’王曰：‘寡人疑之矣。’‘三人言市有虎，王信之乎？’王曰：‘寡人信之矣。’庞葱曰：‘夫市之无虎明矣，然而三人言而成虎。今邯郸去大梁也远于市，而议臣者过于三人，愿王察之。’王曰：‘寡人自为知。’”

文辞虽不甚古奥，但毕竟呈现出岁月的斑驳，给普通大众的阅读、理解带来一些不便。而在逗号笔下，这个古老的故事是这样被叙述的：

臣庞葱问魏王：
一人说街有虎
大王是否相信
魏王答不相信

两人说街有虎
大王是否相信
魏王答会疑心

三人说街有虎

大王是否相信

魏王答会相信

浅显易懂，生动有趣。虽然是白话诗，但又观照了我国古典诗歌的结构和音律传统，在叙述的同时带给读者一种形式之美、音韵之美，读来朗朗上口。新瓶古酒，形式虽改但内涵依旧。这从某种意义上来说是对在新时代新环境下如何以创新形式讲好中国故事、向更多的人传播传统文化的一种有益的尝试。

在每首寓言诗的最后，作者又对寓言的含义进行总结和提炼，使其更加突出，堪称点睛之笔。仍以上诗为例，结尾是：

谎言被一再重复

理性也招架不住

一针见血，古人的智慧被发凡得淋漓尽致。

再以广为人知的成语“鹬蚌相争”为例，在绘声绘色地叙述这个故事之后，作者总结道：

共存才是双赢

零和必定双输

这对于当今一心想独霸世界的人来说，不啻一声棒喝，也凸显了求同存异的善良愿望。

除此之外，在本书 “寓言篇”中，逗号还开始尝试新寓言的创作，显示了她旺盛的创造力和推陈出新的勇气，为寓言这一古老的文学体裁注入了新的活力。

如果说生活是海洋，那么我们可以把格言比作海水蒸腾后结晶而成的盐，晶莹而又隽永，咸涩而回味深长。格言就是浓缩的岁月和生活，同时又是生活的调味品，其中蕴含的哲理在读者掩卷莞尔的一刻渗入其内心，并在岁月中回荡，甚至生长出青青的生命之树。在本书的“格言篇”中，逗号把日常生活的所思所感凝练成最简洁的诗行或短句，读之如咀嚼一枚青橄榄，回味悠长，生活的酸甜苦辣尽在其中，例如：

科学让人立足

艺术让人飞翔

关于科学和艺术对人类生活的作用和影响，一语中的，胜过长篇大论。

无意识最有意思

读者可以从心理学层面去揣摩理解，而对于谐音的运用也使得作品更加生动而幽默，这一点也是贯穿整部作品的一个特点。

国家的本质是盾而非矛

读者可以从中体会到我国古代“非战”的伟大思想。

俄国作家契诃夫在创作一部剧本时，起初写了洋洋洒洒一大篇独白去谈论妻子，随即又把这段话悉数划去，而代之以一句：“妻子就是妻子。”浓得化不开，却什么都没有说，而什么都说了，逗号的一些格言也让我联想到这一则文坛轶事。如果说散文是形散而神不散，那么她的格言就是形简而神不减，让读者去思考去领悟，其实，读者在阅读的过程中也更大程度地参与了作者的创作，因为有思考地阅读本身就是一种再创作。

逗号说过，因为她是搞药的，所以她的大部分作品都带着一股“药味”。言下之意就是不仅希望通过她在专业方面的努力去救死扶伤，解除人们身体上的疾病和痛苦；同时也希望通过她在文学创作中的筚路蓝缕、辛勤耕耘，给读者带来心灵上的启迪与慰藉。从这个意义上来说，我们是否也可以把她这部新作视为一本“药学”著作呢？在专业领域上，逗号和我是药学的同行，因此拉扯作序至此似也不至于显得离开专业领域太远吧。

是为序。

陈凯先

2022 年 4 月

（陈凯先教授，中国科学院院士，曾任中国科学院上海药物所所长、上海中医药大学校长、上海市科学技术协会主席）

自序

寓言是月光
暗夜驱迷茫
格言如阳光
弱者得力量
寓言和格言
共撑一片天

目录

寓言篇

古寓新颜

金科寓律

畜类旁通

物说新语

格言篇

天真

阴阳

金匮

玉机

寓言篇

古寓新颜

智慧问无为谓：
应该如何思想
应该如何考虑
才算懂得道理？
应在什么地方
采取什么行动
能与道理相处？
应从什么路径
采用什么方法
才能得到道理？

智慧连问了三次
无为谓都未回答
智慧得不到解答
造访并问狂屈
狂屈正想回答
可又忘了问题

智慧未得到解答
便又向黄帝请教

黄帝立即回答他：

没有思想

没有考虑

才能够懂得道理

没有地方

没有行动

才能与道理相处

没有路径

没有方法

才能够得到道理

智慧接着又问道：

你能够说出道理

无为谓狂屈不能

究竟谁真懂道理？

黄帝的回答却是：

无为谓是真的懂

狂屈也差不多懂

你我终究是不懂

道是难于表达的

可言之道非常道

真可谓：

道可道，非常道

名可名，非常名

注：本篇出自《庄子·外篇·知北游》。

涸泽之蛇

原本一大湖泊渐干涸
其中的水蛇被迫迁徙
后面爬行的小蛇忧心
思谋良久向大蛇献计：
人类见我们定起杀机
不如爬行时将我背起
人们就不敢加害我们

人见蛇抱团果然惊异
有人念叨是天降蛇神
恐惧迅速传染了人群
众人便纷纷四散逃离

神秘是无知的身影
它蒙上理性的眼睛

注：本篇出自《韩非子·说林上》。

虎畏化缘

一强盗一和尚遇一对虎
强盗忙拿起弓箭把身护
可是老虎还是紧逼步步
和尚却没什么护身器物
只能忙扔出化缘的钵子
老虎一看吓得慌忙逃离

小虎不明白忙求教道理
老虎有苦难言只能叹气：
强盗来我还可以拼力气
和尚化缘怎打发他离去

强中自有强中手
以柔克刚胜一筹

注：本篇出自明朝江盈科《雪涛谐史》。

猎人

传说中
鹿怕豹，豹怕虎
虎怕熊，熊伤人

楚国南部有一位猎人
善用箫管模仿野兽声
一次，他执弓箭打猎
一开始，他模拟鹿鸣
引来鹿，他用箭射鹿
逼真的鹿鸣引来了豹
猎人赶紧学老虎吼叫
吓跑豹却招来一饿虎
猎人又忙学熊的吼叫
虎跑，一熊来寻同伴
结果见人，猎人惊怯
熊将其撕得四分五裂

只求一物降一物
技穷之时却无路

注：本篇出自《柳河东集·罴说》。

买椟还珠

一楚国人拥有一宝贝珍珠
一心想在郑国遇一好买主
为了能够卖得一个好价钱
他制出个木兰的精美匣子
匣上以紫玫瑰绿翡翠装饰
意犹未尽用桂椒再细熏之
让人未见珍珠已闻到香气
果然一下子引来一大买主
只是他只买匣子不要珍珠

喧宾来夺主
珍珠也成土

注：本篇出自《韩非子·外储说左上》。

祛盗

一痴人听见盗贼闯入家门
忙在厅堂上写“各有内外”
盗贼大摇大摆走进了厅堂
他又在卧房写“此路不通”
盗贼又乐滋滋溜进了卧房
他慌慌张张地逃进了厕所
盗贼慢条斯理地紧随其后
他赶紧关厕门后故意咳嗽
示意“有人在此”

遇到问题应对之时
看似啼笑皆非之事
实则掩耳盗铃之痴
现实中却比比皆是

注：本篇出自清朝程世爵《笑林广记》。

三人成虎

臣庞葱问魏王：
一人说街有虎
大王是否相信
魏王答不相信

两人说街有虎
大王是否相信
魏王答会疑心

三人说街有虎
大王是否相信
魏王答会相信

庞葱黯然伤心
街市绝非有虎
可说的人数增
谎言会误为真

谎言被一再重复
理性也招架不住

注：本篇出自《战国策·魏策二》。

王婆庙

从前有一位老太婆
何朝何代无人知晓
只知她的姓氏为王
只知她家祖传酿酒
她为人善良且厚道

一天，一道士路过
又借宿她家又饮酒
王婆毫不计较报酬
临别时道士甚愧疚
赠予王婆好井一口
井中涌出上等好酒
以此作为赐酒之酬

好酒招客络绎不绝
好酒带给王婆豪财
这样一晃三年过去
一天，那道士又来
赞好酒带来好生活
没想到王婆自叹道

这井出酒好倒是好
却没了喂猪的酒糟

道士听了哈哈大笑
信手提笔赋诗一首：
天高不算高
人心第一高
井水做酒好
还念猪无糟

从此井里没酒冒
从此猪有了酒糟
从此有了王婆庙
善心远比天还高

注：本篇出自明朝刘元卿《王婆酿酒》。

相濡以沫

原本充沛的河水干涸了
水中的鱼儿被困于旱地
它们只能相互吹着湿气
用各自的唾沫相互补给
只有这样才能静待甘霖
只有这样才能彼此幸存

患难见真情
濡沫胜黄金

注：本篇出自《庄子·内篇·大宗师》。

用与无用

庄子在林中散步
看见伐木人伐树
伐了一株又一株
唯独留下一大树
庄子好奇问缘故
伐木人不屑地说：
木质不行即无用
庄子不无感触道：
不成材却能保全

庄子离开林丛
借宿老友家中
老友见他甚欢
让人杀鹅款待
佣人请示主人
家中有两只鹅
其中一只会叫
要宰杀哪只鹅
主人说：
杀那只不叫的

第二天学生问：

树不材而得活

鹅不叫反被杀

老师如何选择？

庄子笑答：选择

就在用与无用之间

用与无用不在“己”

用与无用而在“彼”

注：本篇出自《庄子·外篇·山木》。

鹬蚌相争

一只河蚌爬上河岸
慢慢张开蚌壳两扇
一只鹬鸟觅食河滩
一见河蚌嫩肉舒展
一张尖嘴迅速啄下
河蚌急忙关上两壳
鹬鸟咬住蚌肉不放
河蚌夹住鹬嘴不松

鹬鸟直跺脚暗叫：
今天不下雨
明天不下雨
滩上有死蚌

河蚌直晃脑想到：
今天嘴不出
明天嘴不出
滩上有死鹬

一渔翁路过此河滩

它俩被捉一齐完蛋

共存才是双赢

零和必定双输

注：本篇出自《战国策·燕策二》。

庄周梦蝶

庄周梦自己化为蝴蝶
栩栩如生的一只蝴蝶
怡然自得的一只蝴蝶
不觉自己原本是庄周
突然之间一觉惊醒了
惊惶间回归原本庄周
不知是庄周梦中变蝶
还是蝴蝶梦中变庄周

不真实比真实更真实

注：本篇出自《庄子·内篇·齐物论》。

朝三暮四

宋国一老头甚爱猴子
家中养了一大群猴子
日久彼此都心领神会
随着猴子数目的增多
家中的粮食不断减少
不得已需要限制进食
老头心虚地哄骗猴子：
从今天起，进食橡实
早上三粒，晚上四粒
猴子一听，各个心急
老头见状，心生一计：
早上四粒，晚上三粒
猴子一听，各个欣喜
齐拍手三粒增到四粒

欣喜，常常不明就里
诡计，专挑爱占便宜

注：本篇出自《列子·黄帝》。

金科寓律

炳烛而学

晋平公问臣子：
我已年高七十
恐怕学习太迟
臣子师旷劝其：
何不点蜡烛呢？
晋平公误无理
以为戏弄国君
师旷自叹失明
岂敢把他儿戏
深入浅出劝其：
少年喜好学习
恰似旭日东升
壮年喜好学习
恰似中天之日
老年喜好学习
恰似烛光摇曳

烛光难与阳光敌
总比摸黑有出息

注：本篇出自《说苑·建本》。

大将成大僵

西方文艺复兴时期
土耳其偷袭意大利
意大利有一名大将
率领全城奋力抗敌
终驱土耳其人逃离
全城庆幸有了转机

要想城邦得以兴旺
必须拥有超强国王
众人推荐此位大将
却有人反对此主张
理由是他只会打仗
他若做我们的国王
往后日子人心惶惶
不如将他杀掉祭拜
作为神灵保佑城邦
于是大将成了大僵

战时用剑

平时用犁
人的本性
忘恩负义

盗亦有道

跖是一强盗头目
有部属求教于他：
做盗贼也有道吗？
跖戏言手下无知

什么地方没道呢？

猜中屋里藏宝的
称之为“圣”
进屋走在前面的
称之为“勇”
退出屋走在后的
称之为“义”
能够知己知彼的
称之为“智”
财物分配公平的
称之为“仁”
缺此五德成大盗
世上还从未有过

盗，亦有道

道，无处不到

注：本篇出自《庄子·外篇·胠箧》。

拊马不时

一楚国人十分爱马
用精致箩筐盛马屎
用珍贵贝壳接马尿
一蚊子落马身吸血
爱马人即痛心不已
一巴掌拍死了蚊子
马受惊而脱缰逃离
爱马人碰破了头皮

爱，需要恰到好处
爱，需要恰到时机
否则
真心相待反受伤害

注：本篇出自《庄子·内篇·人间世》。

古书与古董

张先生爱好收藏古董
李先生爱好收藏古书

某天张淘得几本古书
怀抱着古书匆匆回屋
碰巧撞上迎面来的李
两人停下来互表歉意

李盯着张怀里的古书
不看不知，一看吓一跳
这正是他梦寐以求的书
李想购买而据为己有
张欣然同意他之所求

李却面露自己的窘迫
他手缺现钱只有古董
张一听古董两眼发光
愿意以古书换他古董
两人对此都心满意足
路过的行人看了大笑

笑他俩真是好生糊涂
一个用值钱的古书换破铜
一个用值钱的古董换破书

是破书还是破铜
在于你懂或不懂

庄子和惠子
携手徜徉于濠水桥上
桥下的流水清澈见底
一条条银白色的鲦鱼
紧紧贴着水中的石子
从容自在地游来游去

庄子禁不住感慨叹嘘：
啊！它们是多么欢愉
惠子说：你又不是鱼
你怎么知道鱼会欢愉？
庄子大笑：你不是我
怎知我不了解鱼之欢愉？
惠子冷笑说：我不是你
当然不能感受你的心理
但你又不是鱼
怎么会知道鱼的感受呢？
庄子说：你跑题了
最初不是你在问我
怎么知道鱼欢愉吗？

你既然会来询问我
就说明我是知道的
否则，你怎有此问呢？
惠子忍不住大笑起来

庄子真会诡辩
抓住“怎么知道鱼欢愉呢”
既可表示疑问，又可表示肯定
这就是偷换了概念
就是把“怎么会知道”
偷换为“怎么知道的”

概念是逻辑根基
偷换概念是把戏
逻辑辩理需清晰
否则掉进怪圈里

注：本篇出自《庄子·外篇·秋水》。

画虎刻鹄

汉朝马援训诫其侄子：

龙伯高憨厚节俭谨慎
我非常敬重并学习他
杜季良豪侠清浊不失
我尊敬他但不学习他
若学习龙伯高不到家
还是个谨慎勤勉之人
雕刻鹄不成尚可像鹜
至少还能成同一类人
但学习杜季良不到家
会堕落成天下轻薄人
所谓画虎不成反像狗

谨慎地选择学习的榜样
否则还不如不要去效仿

注：本篇出自《后汉书·马援传》。

兼爱

墨子总主张兼爱
巫马子反对兼爱
有理还振振有词：
既然兼爱未受益
未兼爱也未受害
兼爱又有何意义？

墨子说若有人纵火
一人想提水去扑火
一人想用火去助火
虽然仅是想而无果
你会认为孰对孰错？

巫马子支持提水者
墨子证实了其观点
巫马子却哑口无言

善良的愿望是阳光
善良的动机是能量

注：本篇出自《墨子·耕柱》。

老子非老

最圆满的貌似亏缺
因其作用永不枯竭
最充实的貌似虚空
因其作用永无极终
最正直的也有弯曲
最灵巧的有时笨拙
最好口才有时木讷
疾走，能战胜寒冷
安静，能克服暑热
清静而无为可为首

亏能补满
屈能伸直
静能制动
老子非老

注：本篇出自《老子》。

两小儿辩日

一天，孔子向东游历
见两小孩在争辩事理
便问他们争辩的事宜

其中一小孩急于辨析：
太阳刚升时离人更近
中午的时候离人更远
另一个小孩据理力争：
太阳刚升时离人更远
而中午时候离人更近

前面小孩提出的证据：
太阳刚升时大如车盖
到了中午却像个盘子
这不是近大而远小吗？
另一小孩却不甘示弱：
太阳刚升时感觉清凉
到了中午却感觉很热
这不是近热而远凉吗？

两小儿争得难分难解
忙请孔子来议决高低
孔子说不知孰是孰非
两个小孩一齐笑孔子：
是谁说您十分有智慧？

质疑，恰似那闪电
争辩，恰似那雷鸣
电闪雷鸣后见阵雨
质疑争辩后识真理

其实两小儿的嘲笑
再次印证孔子所言：
知之为知之
不知为不知

注：本篇出自《列子·汤问》。

偶遇

三个女人在唱戏
唱得那样没意思
路过男子驻足听
听不懂唱的词意
女人唱得神采奕奕
男子听得心旷神怡

唱不在唱，而在畅
听不在听，而在心

舌存齿亡

老师常摐生病
老子前去探望
老子问：先生病重如此
有什么遗教告诉弟子？
常摐张其口而问老子
我的舌头在吗？
老子答：还在
我的牙齿在吗？
老子答：不在
常摐问：原因何在？
老子答：
舌头之所以存在
是因为它的柔软
牙齿之所以不在
是因为它的刚硬
常摐说：是这样

以刚制刚，损兵折将
以柔克刚，如水难挡

注：本篇出自《说苑·敬慎》。

失败

三人各推一车瓦
推到山顶去造塔

甲推车才到山脚
遇到沟壕翻碎瓦
乙推车到了山腰
碰到岩壁也碎瓦
丙总算推到顶高
不幸松手车滚倒
所有瓦稀里哗啦

三人懊恼却互嘲
甲称力气花最少
乙称总比丙要好
丙笑甲乙很渺小
无限风光在顶高

失败的结局都一样
失败的收益却异样
人生的结局虽一样

人生的经历仅一场

经历比结局有分量

说话的艺术

孔子带领弟子周游列国
途中休息时一匹马挣脱
不料把附近的庄稼践踏
田地主人气得把马扣下
子贡主动前去交涉索回
自称此马属孔子家养喂
看在圣人份上理应归还
那人岂能容忍圣人无理
子贡只好无奈禀告孔子

另一学生自告奋勇再去
那学生陪田地主人干活
边干边对马的行为赔礼：
马虽无情，人却有情
为此我们才有缘相识
主人听此觉得言之有理
主动将马送还不再生气

世上本无理
有礼才得理

常怀谦卑心

金石也能开

注：本篇出自《吕氏春秋·孔子行道而息》。

说与不说

一家人新添男丁
欢天喜地阖家庆
满月酒宴众人聚
高朋满座来贺喜

甲：这娃必将发财
乙：这娃准是天才
丙：这娃终有死灾
甲乙说谎得到报答
丙说实话遭到暴打
丁随机应变忙说话：
你瞧，嘻嘻，哈哈
他啥也没说打哈哈

直言疼的是肌肤
撒谎疼的是天良
沉默不再是纯金
那就当个泥水匠

注：本篇出自鲁迅《野草·立论》。

塞翁失马

边塞一位擅长术数的老人
他的马无意跑到胡人之地
人们纷纷安慰并为之惋惜
老人却说这怎不是种福气

岂料那马不久带回众良驹
人们又纷纷祝贺为之赞许
老人又说怎知就不会后悔
后来，其子骑马摔断了腿
人们又纷纷安慰为之痛惜
老人却说怎就不会是惊喜

一年之后，胡人举兵侵袭
健壮男子均被征调去抗击
死亡人数之众，多不胜计
唯老人之子瘸腿免服徭役
因祸得福，生命得以延续

失与得本是亲兄弟
两兄弟却彼此怄气

失与得应是一整体

彼此平衡从未分离

注：本篇出自《淮南子·人间训》。

王蓝田吃鸡蛋

王蓝田性子急
有一次吃鸡蛋
用筷子扎鸡蛋
鸡蛋几次逃离
他便十分生气
把鸡蛋扔向地
见蛋在地上转
他心里见不惯
就用木屐底踩
踩几次都失败
他就愤怒至极
将地上蛋捡起
放入口中嚼细
再由口吐到地
蛋没吃进肚里
反沾满一嘴泥

心急是白花力气
损兵折将又损己

注：本篇出自《世说新语·王蓝田食鸡子》。

以羊易牛

梁惠王庙堂坐
见牵牛人路过
王问牵牛去哪
他说牵牛去杀
用牛的血涂钟
王令他把牛放
不杀无罪之牛
牵牛人反问王：
不必涂钟了吗？
王仁慈地笑道：
钟，不能不涂
但用羊代替牛

仁慈不分大小
歹心没有轻重
对此如分彼此
都只会是自欺

注：本篇出自《孟子·梁惠王上》。

畜类旁通

奔跑的狗

一条狗突然直奔向我
猛然吓得我半死不活
我只能装得立地成佛
然而那狗却呼啸而过
直扑向我身后的美狗
它根本就没有在乎我
我只是它的匆匆过客

自己吓自己也会虚脱

蝉

数年埋在土里
质数年钻出泥
瞬时羽化蜕皮
寿命仅在夏季
即漫漫长夜兮
只为高歌一曲

蝉非禅
蝉即禅

蚕与蜘蛛

蜘蛛嘲笑蚕的行为：
你整天都桑叶饱食
嘴里吐出的长银丝
牢牢地将自己裹死
蚕妇再把你抽成丝
你的丝反将你害死
你岂不是愚蠢到死？

蚕虽自愧愚蠢至极
但自赞丝能制锦衣
而蜘蛛吐的丝却是
仅为自己捕捉美食
蜘蛛对此不以为然：
你是为别人活
我是为自己做

仁者能见仁
智者可见智
墙角和屋檐

蛛网被掸去

千世与万载

种桑又养蚕

多言何益

蛤蟆呱呱叫
青蛙跟着闹
苍蝇嗡嗡吵
不停抬声高
有谁会留意

雄鸡黎明啼
老天换白衣
百姓把床起

墨子道：
多言有何益
关键看时机

公鸡

打谷场子　晒有稻子
一群公鸡　翘首盼兮
边走边啄　理所当然
场主见状　赶紧驱赶
见势不妙　低头逃跑
唯有一鸡　抬头论理
鸡要啄米　天经地义
场主不理　将其击毙

站不住脚　知趣低头
硬不低头　只怕掉头

哭泣的老牛

耕地日当午
汗滴坠下土
老牛直叹息
老农问其因
老牛更哭泣：
有了拖拉机
没我立足地
老农却惊喜：
用了拖拉机
你就不拉犁
岂不好安逸？
老牛泪如雨：
已无用武之地
岂有栖身之席？

昔日的老牛
今换拖拉机
昔日的劳工
今换智能机
腾飞高科技
护翼须伦理

蚂蚁

蚁
有幸，兢一生
万幸，劳一事
万幸，活一世

人
有幸，得一生
不幸，瞎折腾
不幸，过一世

生活之意
人不如蚁

母鸡

阿姨感激　　送只母鸡
家乡带来　　正宗野鸡
肥美可口　　不忍下手
决定送走　　无人接手
主人犯愁　　母鸡央求
给我自由　　下蛋以酬

城市养鸡　　实属不易
阳台天地　　母鸡栖息
有花有草　　有米有鸟
母鸡养老　　主人欢笑
其乐融融　　欢乐与共
这只母鸡　　实属运济

寒冷天气　　主人又急
与其冻死　　不如杀死
可怜母鸡　　运气不济
幸于善良　　死于善良

屎壳郎

一只屎壳郎
整天辛苦忙
不愧清道夫
走路不看路
忙于滚粪球

一只小蜜蜂
对它直嗡嗡：
这样累重负
身体被辜负

屎壳郎哭诉：
那都是食物
那都是财富
至死也储藏
死后留儿郎

生活中的“屎壳郎”
也许至死都犯糊涂
累死累活地忙存储
堆积财富终变粪土

水鸭

水鸭时而下潜
时而又打圈圈
却一直游向前
不管顺风逆风
不管顺流逆流
前方未必是家园
前方未必有鱼诱
只见它向前再向前
这就是生活的流向
这就是岁月的流向

向前还是向前
不是这里向前
就是那里向前
反正总得向前

逃生之计

一只猫活捉一只鼠
老鼠赶紧向猫诉苦：
高抬贵手留条活路
要吃也要听我细数

猫松开口听鼠哭诉：
我是这家唯一之鼠
我死了你就没有用处
猫茅塞顿开放了鼠

逃生之计
知己知彼

乌龟

乌龟从山上失足滚下
摔碎了背上的壳盔甲
乌龟顿时感到一身轻
昂首挺胸浑身都是劲
可是走着走着不对劲
总有缺点啥的坏心情
又从路边捡起一块石
撩在背上再负重前行

背上的枷不是锁
心里的锁才是枷

无形的力量

夔讥笑蜈蚣长那么多脚
自己一只脚就能蹦蹦跳
多余的脚只会多招烦恼
多脚多买鞋只会把钱烧

蜈蚣却说一只脚容易倒
遇事只有多脚才能自保

蛇却说没脚走路才最好
无声无息才会无人知晓
路过的风只把头摇
无所不及只有我能做到

多有多的理由
少有少的道理
千言归于无声
万有凝于无形

橡树与蚂蚁

橡树参天　无人不晓
最茂花朵　最盛橡果
橡树眼里　蔑视蚂蚁
橡树脚底　众蚁聚集
蚂蚁心里　岂容凌欺
蚂蚁食树　实属不易
只要心齐　只要合力
参天橡树　难逃灭株
曾经高大　也被吃掉
蚂蚁虽小　不可轻藐

高大未必大
渺小未必小

小猴与风儿

小猴聪明伶俐
向来自不量力
想与风儿赛跑
动物忙加阻扰：
风儿无形无影
如何评判输赢？
小猴暗自欣喜：
无形才好论理
唯见我跑第一

小猴自鸣得意
起跑口哨一鸣
风儿飘逸隐匿
小猴大汗淋漓
终点还没跑到
终线前的草儿
早已摇头晃脑
风儿已在逍遥
风儿稳坐第一

自吹自擂不费钱
最终实力来发言
避短扬长可胜天
自不量力必自贱

小蝌蚪找妈妈

小蝌蚪们急找妈妈
找来找去没有头绪
问鸭妈，鸭妈妈说：
两只大眼大大嘴巴
才是你们的真妈妈

小蝌蚪们见鱼妈妈
忙叫妈，鱼妈摆尾：
你们妈妈有四条腿

小蝌蚪们见大乌龟
又叫妈，乌龟摇头：
你们妈妈有白肚皮

小蝌蚪们见鹅妈妈
再叫妈，鹅妈煽翼：
你们妈妈身穿绿衣
你们妈妈唱歌呱呱

小蝌蚪们终见青蛙

欢呼妈妈，青蛙惊讶：
你们是谁？不是我娃
蝌蚪难过，无情青蛙
青蛙不认蝌蚪样的娃

寻寻觅觅
寻觅认同
唯有相似
方可认同

小鹿与小豹

在一处陡峭的山脚
有两只小鹿在吃草
不知逼近的两只豹
两豹突然猛地一跳
欲将这两小鹿吃掉

两只小鹿慌忙逃跑
一只果断往山上跑
一只埋头往前奔跑
两头豹各追各目标

往上跑的鹿时时跳高
迅猛的豹跑得不如猫
岂能把高处的鹿吃掉
只能调头随另一只豹

往前奔的鹿只顾往前跑
不料前面遇到了悬崖峭
往前会死掉往后被吃掉
只能拼尽全力往前一跳

紧紧追上来的那两只豹
一时刹不住接连往下掉
那结局——都把命消耗

危急逃跑，也需技巧
分形辨势，危局可逃
围猎绝乎？网开有道
余地自留，轮回有朝

一毛不拔

一只死了的猴子
在阴间拜见阎王
求来世能变成人
阎王便欣然首肯
但在变成人之前
需拔光全身之毛
夜叉奉命来拔毛
可刚拔了第一根
猴子就大声叫疼
阎王微笑着致歉：
拔一根毛都不肯
怎么能做得了人？

不愿忍
如何进化成人？
不愿仁
如何能成为圣？

鱼与网

一渔夫捕到一满网鱼
他心满意足地收拢网
以免捕捉到的鱼逃亡
网口很小，鱼儿发慌
有的鱼拼命向网外闯
自以为能逃一劫命长
有的鱼蹦跳后网底躺
诅咒命运之神把它忘
有的鱼蹦出又蹦进网
自叹命运不公好冤枉
无论哪种命运都一样
等待它们的都是灭亡

诱惑之网形形色色
要做到不为形所框
要做到不为色所诱
需勇气智慧去抵挡

浴缸里的鱼

一次次往前游
一次次撞回头
以为前方是海
以为头顶蓝天
实是井底之蛙

视野决定前途

真假老虎

莉莉家里有只布制的小老虎
动物园里有只活泼的小老虎
莉莉抱着小布虎去看小老虎
真虎羡慕莉莉怀里的小布虎：
我是真的却得不到她的呵护
你是假的却得到无限的照顾！
小老虎哀叹“真”不如“假”
是“真”给它带来了不如意

其实，不是“真”不如“假”
而是，“真”比“假”更可怕

物说新语

冰的自由

冰问太阳　索取自由

太阳欣然　答应要求

冰啼笑了　冰自由了

冰消失了　无影无踪

匆匆与葱葱

城里，行色匆匆
乡里，绿野葱葱
匆匆笑葱葱：
你们总老态龙钟
整天总坐着不动
葱葱笑匆匆：
你们总无动于衷
整天都忙于扑空

高挂墙上的可颂坊面包

花高价买了我
却墙上高高挂
天天舍不得吃
时时把我细瞧
突然有一天
我身上长满了白毛
主人还是将我扔掉
哎，早知如此
不如当初就被吃掉
主人却暗地里发笑
吃掉不如精神犒劳

吃与不吃，不在胃
痴与不痴，而在脑

黄豆

一碗黄豆，有好有坏
好的留下，坏的被甩
好的被泡发磨成豆浆
坏的在土里意外发芽
豆芽问豆浆是否心甘
豆浆笑豆芽不也是菜

材料不分好与坏
都可成为碗里菜
物尽其用终是才
就看你还在不在

五官

嘴巴对鼻子直言：
你凭啥在我上面？
鼻子理直气壮说：
　唯我辨别香与臭
　你才决定吃与否

鼻子对眼睛直言：
你凭啥在我上面？
眼睛虎视眈眈说：
　我能辨别美与丑
　你的能力远不够

眼睛对眉毛直言：
你凭啥在我上面？
眉毛横眉冷对说：
　我不在你的上面
哪还能是一张脸？

　耳朵听后躲两旁
　摆正位置才稳当

雾

雾把太阳藏起来了
于是太阳不见了

雾把大海藏起来了
于是大海不见了

雾把群山藏起来了
于是群山不见了

雾把大地藏起来了
于是大地不见了

雾对着自己哈哈大笑
于是把自己藏起来了
于是太阳露出了笑脸
于是大海展现了海面
于是群山挺出了身体
于是大地都原形毕露

雾能否定其它

也能否定自己

唯有不断否定

才能接近真理

药

被人吃掉　被人分解
才能起效　这就是药

有人笑药　痴傻自找
药只苦笑　活既是死
死才有效　这才是药

针尖对麦芒

针尖狭路遇麦芒
理直气壮不相让
自以为无比强壮
麦芒也不甘示弱
自想能以柔克刚
两者迎头相碰撞
拼死换来的下场：
麦芒被斩而气亡
针尖也损了锋芒
缺尖成了一废钢

针锋相对两败伤
理性克制需思量

格言篇

天真

爱情是光

婚姻是影

越单纯

越无敌

犯错

从不犯错

不叫生活

母爱是暖屋

父爱是灯塔

感性与理性

感性是触角

理性是大脑

工作与生活

没有工作的生活
不是快乐的生活

公平如空气
重要无异议
捧起不容易

孩子

只有你的思想
才是你的孩子
你自己的孩子
仅是你种的树

记录是寄存记忆的最佳银行

经典与习俗

经典是结晶

习俗是溶液

科学仅是接近真理的拐杖

科学与艺术

科学让人立足

艺术让人飞翔

空间与时间

空间不理你

时间没意义

逻辑的身后必留脚印

梦与现实

只有现实才会追逐梦

梦从不自愿嫁给现实

面对诱惑

大人面对诱惑

如同

孩子面对糖果

怕的本质

不是怕

而是爱

清析

唯有清晰

才有精细

人生如戏

人物如衣

傻

（一）

聪明不需要“傻”

智慧离不开“傻”

（二）

一冒“傻”气

就来“福”气

生活

（一）

乏味的生活

有趣地去过

（二）

即便不寒而栗

也别忘恩负义

（三）

生活

是柠檬还是芦柑

取决于你的态度

而不是生活本身

天真

天真就是

不知在干啥

确实在干啥

“昨天”似“亲人”

“明天”似“情人”

无意识最有意思

活着被人恋

死了被人念

幸福如水

欢乐如蜜

阴阳

差

差距源于差异

传统与现代

传统似灵魂

现代似外衣

聪明与天才

聪明在于"度"

天才在"无度"

东西

有用的东西
草，也是宝
没用的东西
宝，也成草

对错

“错”为“对”而“生”

“对”因“错”而“死”

国家的本质是盾而非矛

果

苦难也会结出浆果

幸运也会埋下恶果

教育是钥匙

而非一把锁

进与退

进，是矛

退，是盾

经典是永恒的时尚

时尚是瞬间的睛点

静与动

植物能万岁

动物难百岁

宁静能制动

宁静能致远

恐慌易致疯狂

苦与甜

苦中怀真

甜中孕假

理性，是盾

更是一把剑

没有

没有冲突

没有进步

贫而不穷乃富！

乃福！

确定与选择

等确定了再选择
也许已成不确定
不确定时的选择
本身是一种确定

（一）

生与死的本质是一种新陈代谢

（二）

死亡是连接有限与无限的一道门槛

（三）

生，终将死

死，必重生

生死系无常

生死必有偿

瞬间与永恒

瞬间似火花
短暂却闪光
没有诸瞬间
哪有众永恒

没有一席地

哪来一片天

完美

不完美也能长存

其必有完美之处

愚蠢与睿智

愚蠢的外衣常有花

睿智的外衣常无华

金匮

宝

看得见的宝是财物

看不见的宝是财富

财富

贫贱时的精神财富

深如大海

富贵时的物质财富

飘如浮云

聪明绝顶

易遭灭顶

聰明

打理

只有打理好自己

才能去打理世界

凡事明眼

谨慎明言

坚韧

把坚韧锉成钥匙

没有打不开的门

回归家庭的是江
平平淡淡

野在外面的是海
又咸又苦

结果

思想是根
行动是土
无根无土
怎结硕果？

境界决定境遇

礼貌

礼貌恰似外衣
不可随便脱去
否则赤身裸体
与畜生无差异

只有摆脱盲目

才能向前迈步

书

（一）

地上的粮

树上的果

（二）

书仅是一座桥

不是谋生之路

三天不吃，死不了

三天不学，活不了

算数

人生的每一步都算数

除非是你自己不算数

想象是黑暗里的一盏灯

像苍蝇

没有女人爱的男人就像苍蝇

信仰比知识更重要

（一）

睡眠比工作更辛苦

养生比赚钱更赚钱

（二）

真金难买好睡眠！

隐于

原创隐于无意

实力隐于无形

知识与智慧

知识仅是力气

智慧才是力量

做人

诚实是钻

善良是金

玉机

能熬也是一种傲

熬

本能与才能

本能是灯塔

才能是桨橹

“避险”比“成功”更聪明

成功

对于成功
信仰是灯
智慧是脚
善良是翼

基因似玉种

环境如雕工

红绿灯

红灯停
绿灯行
人生路
也遵循

放弃幻想

等于承认死亡

幻想

绝路

绝路也是路！

面对败挫

面对败挫
将挫就挫
啥事别做
明白再琢

人生

遇到红灯
就停一停
匆匆匆行
务炼心境
人生不会
总是红灯
人生不会
处处红灯

山与路

没有眼前山
只有脚下路
走好每一步
就能达顶峰

玉机

信与行

只有信
才会行

每个人心里都有杆秤
但没必要把秤当成枪
其实当枪对准了对方
也对准了自己的胸膛

幽默

脑子里蹦出的火花
心窝里流出的泪花

有枝才有叶

有支才有业

有

越

（一）

越有涵养

越有能量

（二）

越到极限

越不受限